De Perverse Zusters

De Perverse Zusters

Aldivan Torres

aldivan teixeira torres

CONTENTS

1 | Tour in de stad Pesqueira   1

Tour in de stad Pesqueira

De Perverse Zusters

Aldivan Torres

De Perverse Zusters

Auteur: **Aldivan Torres**
2020-Aldivan Torres
Alle rechten voorbehouden
Serie: De perverse zusters

Aldivan Torres, geboren in Brazilië, is een literair kunstenaar. Beloften met zijn geschriften om het publiek te verrukken en hem te leiden naar de geneugten van plezier. Seks is tenslotte een van de beste dingen die er is.

Toewijding en dank

Ik draag deze erotische serie op aan alle seksliefhebbers en perverselingen zoals ik. Ik hoop te voldoen aan de verwachtingen van alle krankzinnige geesten. Ik begin dit werk hier met de overtuiging dat Amelinha, Belinha en hun vrienden geschiedenis zullen schrijven. Zonder verder oponthoud, een warme knuffel voor mijn lezers.

Goed lezen en veel plezier.

Met genegenheid, de auteur.

Presentatie

Amelinha en Belinha zijn twee zussen geboren en getogen in het binnenland van Pernambuco. Dochters van boeren vaders wist al vroeg hoe de felle moeilijkheden van het plattelandsleven gezicht met een glimlach op hun gezicht. Hiermee bereikten ze hun persoonlijke veroveringen. De eerste is een accountant van de overheidsfinanciën en de andere, minder intelligent, is een gemeentelijke leraar basisonderwijs in Arcoverde.

Hoewel ze professioneel gelukkig zijn, de twee hebben een ernstig chronisch probleem met betrekking tot relaties, omdat nooit vonden hun prins charmant, dat is de droom van elke vrouw. De oudste, Belinha, kwam een tijdje bij een man wonen. Echter, het werd verraden wat gegenereerd in zijn kleine hart onherstelbare trauma's. Ze werd gedwongen om uit elkaar te gaan en beloofde zichzelf nooit meer te lijden als gevolg van een man. Amelinha, arm ding, ze kan ons niet eens verloven. Wie wil er met Amelinha trouwen? Ze is een brutale brunette, mager, gemiddelde hoogte, honing-gekleurde ogen, medium kont, borsten zoals watermeloen, borst gedefinieerd dan een boeiende glimlach. Niemand weet wat haar echte probleem is, of liever beide.

Met betrekking tot hun interpersoonlijke relatie, ze zijn zeer dicht bij het delen van geheimen tussen hen. Aangezien Belinha werd verraden door een schurk, nam Amelinha de pijnen van haar zus en ging ook met mannen spelen. De twee werden een dynamisch duo bekend als de "Perverse Zusters". Ondanks dat, mannen houden ervan om hun speelgoed te zijn. Dit komt omdat er niets beter is dan liefdevolle Belinha en Amelinha zelfs voor een moment. Zullen we hun verhalen samen leren kennen?

De Perverse Zusters

Toewijding en dank

Presentatie

De zwarte man

De brand

Medisch consult

Privéles

Wedstrijdtest

De terugkeer van de leraar
De manische clown
Tour in de stad Pesqueira

De zwarte man

Amelinha en Belinha evenals grote professionals en liefhebbers, zijn mooie en rijke vrouwen geïntegreerd in sociale netwerken. Naast de seks zelf, ze ook proberen om vrienden te maken.

Eens ging een man de virtuele chat in. Zijn bijnaam was "Black Man". Op dit moment beefde ze al snel omdat ze van zwarte mannen hield. De legende zegt dat ze een onbetwiste charme hebben.

"Hallo, mooier! "Je noemde de gezegende zwarte man.

"Hallo, oké? "Beantwoordde de intrigerende Belinha.

"Allemaal geweldig. Fijne avond nog!

"Goedenacht. Ik hou van zwarte mensen!

"Dit heeft me nu diep geraakt! Maar is daar een speciale reden voor? Wat is je naam??

"De reden is dat mijn zus en ik van mannen houden, als je begrijpt wat ik bedoel. Voor zover de naam gaat, ook al is dit een zeer privé-omgeving, ik heb niets te verbergen. Mijn naam is Belinha. Blij om je te ontmoeten.

"Het plezier is helemaal van mij. Mijn naam is Flavius, en ik ben een erg aardig!

"Ik voelde stevigheid in zijn woorden. Je bedoelt dat mijn intuïtie juist is?

"Daar kan ik nu geen antwoord op geven, want dat zou een einde maken aan het hele mysterie. Wat is de naam van je zus?

"Haar naam is Amelinha.

"Amelinha! Mooie naam! Kun je jezelf fysiek beschrijven?

"Ik ben blond, lang, sterk, lang haar, grote kont, medium borsten, en ik heb een sculpturaal lichaam. En jij?

"Zwarte kleur, een meter en tachtig centimeter hoog, sterk, gevlekt, armen en benen dik, netjes, gezongen haar en gedefinieerde gezichten.

"Je zet me op!

"Maak je daar maar geen zorgen over. Wie mij kent, vergeet nooit.

"Wil je me nu gek maken?

"Sorry daarvoor, schatje! Het is gewoon om een beetje charme toe te voegen aan ons gesprek.

"Hoe oud ben je?

"25 jaar en die van jou?

"Ik ben achtendertig jaar oud en mijn zus vierendertig. Ondanks het leeftijdsverschil, zijn we heel dichtbij. In de kindertijd, verenigden we ons om moeilijkheden te overwinnen. Toen we tieners waren, deelden we onze dromen. En nu, op volwassen leeftijd, delen we onze prestaties en frustraties. Ik kan niet zonder haar.

"Grote! Dit gevoel van jou is erg mooi. Ik krijg de drang om jullie beiden te ontmoeten. Is ze net zo stout als jij?

"Op een goede manier is ze de beste in wat ze doet. Erg slim, mooi en beleefd. Mijn voordeel is dat ik slimmer ben.

"Maar ik zie hier geen probleem in. Ik hou van beide.

"Vind je het echt leuk? Amelinha is een bijzondere vrouw.

Niet omdat ze mijn zus is, maar omdat ze een gigantisch hart heeft. Ik heb een beetje medelijden met haar omdat ze nooit een bruidegom heeft gekregen. Ik weet dat haar droom is om te trouwen. Ze sloot zich bij me aan in een opstand omdat ik verraden werd door mijn metgezel. Sindsdien zoeken we alleen snelle relaties.

"Ik begrijp het volkomen. Ik ben ook een viezerik. Ik heb echter geen speciale reden. Ik wil gewoon genieten van mijn jeugd. Jullie lijken me geweldige mensen.

"Hartelijk dank. Kom je echt uit Arcoverde?

"Ja, ik kom uit het centrum. En jij?

"Uit de wijk San Cristóbal.

"Grote. Woon je alleen?

"Ja. In de buurt van het busstation.

"Kun je vandaag bezoek krijgen van een man?

"Dat zouden we graag willen. Maar je moet beide afhandelen. Oké?

"Maak je geen zorgen, liefje. Ik kan wel drie aan.

"Ah, ja! Waar!

"Ik ben er meteen. U de locatie uitleggen?

"Ja. Het zal me een genoegen zijn.

"Ik weet waar het is. Ik kom naar boven!

De zwarte man verliet de kamer en Belinha ook. Ze maakte er misbruik van en verhuisde naar de keuken waar ze haar zus ontmoette. Amelinha was het wassen van de vuile gerechten voor het diner.

"Goedenacht voor jou, Amelinha. Je zult het niet geloven. Raad eens wie er langskomt?

"Ik heb geen idee, zuster. Die?

"De Flavius. Ik ontmoette hem in de virtuele chatroom. Hij zal ons vermaak zijn vandaag.

"Hoe ziet hij eruit?

"Het is Black Man. Heb je ooit gestopt en dacht dat het misschien leuk zou zijn? De arme man weet niet waartoe we in staat zijn.

"Dat is het echt, zuster! Laten we hem afmaken.

"Hij zal vallen, met mij! "Zei Belinha.

"№! Het zal met me- Antwoordde Amelinha.

"Een ding is zeker: Met een van ons zal hij vallen- Belinha gesloten.

"Het is waar! Zullen we alles klaar hebben in de slaapkamer?

"Goed idee. Ik help je wel.

De twee onverzadigbare poppen gingen naar de kamer en lieten alles georganiseerd achter voor de komst van het mannetje. Zodra ze klaar zijn, horen ze de bel rinkelen.

"Is hij het, zuster? "Vroeg Amelinha.

"Laten we het samen bekijken! "Hij nodigde Belinha uit.

"Kom nou! Amelinha stemde toe.

Stap voor stap passeerden de twee vrouwen de slaapkamerdeur, passeerden de eetkamer en kwamen toen in de woonkamer aan. Ze liepen naar de deur. Als ze het openen, komen ze Flavius charmante en mannelijke glimlach tegen.

"Goedenacht! OK? Ik ben de Flavius.

"Goedenacht. U bent van harte welkom. Ik ben Belinha die met je praatte op de computer en een lief meisje naast me is mijn zus.

"Leuk om je te ontmoeten, Flavius! "Amelinha zei.

"Leuk je te ontmoeten. Mag ik binnenkomen?

"Zeker! "De twee vrouwen antwoordden tegelijkertijd.

De hengst had toegang tot de kamer door het observeren van elk detail van het decor. Wat was er aan de hand in die kokende geest? Hij was vooral geraakt door elk van die vrouwelijke exemplaren. Na een kort moment keek hij diep in de ogen van de twee hoeren en zei:

"Ben je klaar voor wat ik ben gaan doen?

"Klaar - Bevestigd de liefhebbers!

Het trio stopte hard en liep een lange weg naar de grotere kamer van het huis. Door de deur te sluiten, waren ze er zeker van dat de hemel binnen enkele seconden naar de hel zou gaan. Alles was perfect: de regeling van de handdoeken, de seksspeeltjes, de pornofilm spelen op het plafond televisie en de romantische muziek levendig. Niets kon het plezier van een geweldige avond wegnemen.

De eerste stap is om bij het bed te zitten. De zwarte man begon zijn kleren van de twee vrouwen uit te trekken. Hun lust en dorst naar seks was zo groot dat ze een beetje angst veroorzaakt in die lieve dames. Hij was het opstijgen van zijn shirt met de thorax en buik goed uitgewerkt door de dagelijkse training in de sportschool. Uw gemiddelde haren over deze regio hebben zuchten getrokken van de meisjes. Daarna trok hij zijn broek uit waardoor het uitzicht op zijn Box ondergoed dus zijn volume en mannelijkheid liet zien. Op dit moment liet hij hen het orgel aanraken, waardoor het meer rechtop werd gezet. Zonder geheimen gooide hij zijn ondergoed weg met alles wat God hem gaf.

Hij was tweeëntwintig centimeter lang, veertien centimeter

in diameter genoeg om ze gek te maken. Zonder tijd te verspillen, vielen ze op hem. Ze begonnen met het voorspel. Terwijl een slikte haar pik in haar mond, de andere likte de scrotum zakken. In deze operatie is het al drie minuten geleden. Lang genoeg om helemaal klaar te zijn voor seks.

Toen begon hij penetratie in één en toen in andere zonder voorkeur. Het frequente tempo van de shuttle veroorzaakt kreunt, geschreeuw, en meerdere orgasmes na de handeling. Het was dertig minuten vaginale seks. Elk de helft van de tijd. Toen sloten ze af met orale en anale seks.

De brand

Het was een koude, donkere en regenachtige nacht in de hoofdstad van alle binnenland van Pernambuco. Er waren momenten dat de voorwind 100 kilometer per uur bereikte en de arme zussen Amelinha en Belinha bang maakten. De twee perverse zussen ontmoetten elkaar in de woonkamer van hun eenvoudige woning in de wijk Saint Christopher. Met niets te doen, spraken ze gelukkig over algemene dingen.

"Amelinha, hoe was je dag op het kantoor van de boerderij?

"Hetzelfde oude ding: ik organiseerde de fiscale planning van de belastingdienst, beheerde de betaling van belastingen, werkte in de preventie en bestrijding van belastingontduiking. Het is hard werken en saai. Maar belonen en goed betaald. En jij? Hoe was je routine op school? "Vroeg Amelinha.

"In de klas passeerde ik de inhoud om de leerlingen zo goed mogelijk te begeleiden. Ik corrigeerde de fouten en nam twee mobiele telefoons van studenten die de klas verstoorden.

Ik gaf ook lessen in gedrag, houding, dynamiek en nuttig advies. Hoe dan ook, behalve dat ik leraar ben, ben ik hun moeder. Het bewijs hiervan is dat ik in de pauze de klas van studenten infiltreerde en samen met hen hinkte. Naar mijn mening is school ons tweede thuis en moeten we zorgen voor de vriendschappen en menselijke connecties die we hebben "Belinha antwoordde.

"Briljant, mijn zusje. Onze werken zijn geweldig omdat ze zorgen voor belangrijke emotionele en interactie constructies tussen mensen. Geen mens kan in isolatie leven, laat staan zonder psychologische en financiële middelen" analyseerde Amelinha.

"Ik ben het ermee eens. Werk is essentieel voor ons als het maakt ons onafhankelijk van het heersende seksistische rijk in onze samenleving- zei Belinha.

"Precies. We zullen doorgaan in onze waarden en houdingen. De mens is alleen goed in bed" Amelinha waargenomen.

"Over mannen gesproken, wat vond je van Christian? "Belinha gevraagd.

"Hij voldeed aan mijn verwachtingen. Na zo'n ervaring vragen mijn instincten en mijn geest altijd om meer interne ontevredenheid. Wat is uw mening? "Vroeg Amelinha.

"Het was goed, maar ik heb ook het gevoel dat jij on-volledig bent. Ik sta droog van liefde en seks. Ik wil meer en meer. Wat hebben we voor vandaag? "Zei Belinha.

"Ik heb geen ideeën meer. De nacht is koud, donker en donker. Hoor je het geluid buiten? Er is veel regen, harde wind, bliksem en onweer. Ik ben bang. "Zei Amelinha.

"Ik ook van jou! "Belinha heeft bekend.

Op dit moment is er een donderende bliksemschicht te horen in heel Arcoverde. Amelinha springt in de schoot van Belinha die schreeuwt van pijn en wanhoop. Tegelijkertijd ontbreekt het aan elektriciteit, waardoor ze allebei wanhopig zijn.

"Wat nu? Wat gaan we doen Belinha? "Vroeg Amelinha.

"Ga van me af, trut! Ik haal de kaarsen wel. "Zei Belinha.Belinha zachtjes duwde haar zus aan de zijkant van de bank als ze betast de muren om naar de keuken. Omdat het huis relatief klein is, duurt het niet lang om deze operatie te voltooien. Met tact neemt hij de kaarsen in de kast en steekt ze aan met de lucifers die strategisch op de kachel zijn geplaatst.

Met de verlichting van de kaars keert ze rustig terug naar de kamer waar hij zijn zus ontmoet met een mysterieuze glimlach wijd open op zijn gezicht. Wat was ze van nu?

"Je ventileren, zuster! Ik weet dat je iets denkt, zei Belinha.

"Wat als we de stadsbrandweer bellen met de waarschuwing voor een brand? Zei Amelinha.

"Even voor de duidelijkheid. Wil je een fictief vuur uitvinden om deze mannen te lokken? Wat als we gearresteerd worden? "Belinha was bang.

"Mijn collega! Ik weet zeker dat ze van de verrassing zullen houden. Wat kunnen ze beter doen op een donkere en saaie nacht als deze? "Zei Amelinha.

"Je hebt gelijk. Ze zullen je bedanken voor het plezier. We zullen het vuur breken dat ons van binnenuit verteert. Nu, de vraag komt: Wie zal de moed hebben om ze te bellen? "Gevraagd Belinha.

"Ik ben erg verlegen. Ik laat deze taak aan jou over, zei mijn zus, zei Amelinha.

"Altijd ik. Oké. Wat er ook gebeurt, Belinha concludeerde.

Opstaan van de bank, Belinha gaat naar de tafel in de hoek waar de mobiele is geïnstalleerd. Ze belt het alarmnummer van de brandweer en wacht op antwoord. Na een paar aanrakingen hoort hij een diepe, stevige stem spreken van de andere kant.

"Goedenacht. Dit is de brandweer. Wat wil je?

"Mijn naam is Belinha. Ik woon in de wijk Saint Christopher hier in Arcoverde. Mijn zus en ik zijn wanhopig met al deze regen. Toen elektriciteit hier in ons huis uitging, veroorzaakte kortsluiting, waardoor de objecten in brand begonnen te staan. Gelukkig gingen mijn zus en ik uit. Het vuur is langzaam consumeren van het huis. We hebben de hulp nodig van de brandweermannen, zei dat het meisje bedroefd was.

"Doe het rustig aan, mijn vriend. We zullen er snel zijn. U gedetailleerde informatie geven over uw locatie? "Vroeg de brandweerman van dienst.

"Mijn huis is precies op Central Avenue, derde huis aan de rechterkant. Vinden jullie dat goed?

"Ik weet waar het is. We zijn er over een paar minuten. Wees kalm"Zei de brandweerman.

"We wachten. Bedankt! "Bedankt Belinha.

Terug naar de bank met een brede grijns, de twee van hen laten hun kussens en snoven met het plezier dat ze deden. Dit is echter niet aan te raden om te doen, tenzij ze waren twee hoeren zoals hen.

Ongeveer tien minuten later, hoorden ze een klop op de deur en ging om het te beantwoorden. Toen ze de deur openden, stonden ze tegenover drie magische gezichten, elk met zijn karakteristieke schoonheid. Een was zwart, zes meter hoog, benen en armen medium. Een ander was donker, een meter en negentig lang, gespierd en sculpturaal. Een derde was wit, kort, dun, maar erg dol. De blanke jongen wil zich voorstellen:

"Hallo, dames, goedenacht! Mijn naam is Roberto. Deze man hiernaast heet Matthew en de bruine man, Philip. Wat zijn je namen en waar is het vuur?

"Ik ben Belinha, ik heb je aan de telefoon gesproken. Deze brunette hier is mijn zus Amelinha. Kom binnen en ik leg het je uit.

"Ze namen de drie brandweermannen tegelijk op.

Het kwintet kwam het huis binnen en alles leek normaal omdat de elektriciteit was teruggekeerd. Ze vestigen zich op de bank in de woonkamer samen met de meisjes. Achterdochtig, ze voeren een gesprek.

"Het vuur is voorbij, hè? "Matthew vroeg.

"Ja. We hebben het al onder controle dankzij een grote inspanning, legt Amelinha uit.

"Jammer! Ik wilde al heel graag werken. Daar in de barakken is de routine zo eentonig gezegd Felipe.

"Ik heb een idee. Hoe zit het met werken in een meer plezierige manier? "Belinha voorgesteld.

"Je bedoelt dat je bent wat ik denk? "Ondervraagd Felipe.

"Ja. We zijn alleenstaande vrouwen die van plezier houden. Zin in de lol? "Gevraagd Belinha.

"Alleen als je nu gaat, antwoordde zwarte man.

"Ik doe ook mee, bevestigd de Brown Man.

"Wacht op mij" De blanke jongen is beschikbaar.

"Dus, laten we" zei de meisjes.

Het kwintet kwam de kamer delen een tweepersoonsbed. Toen begon de seks orgie. Belinha en Amelinha om de beurt om het plezier van de drie brandweerlieden bij te wonen. Alles leek magisch en er was geen beter gevoel dan met hen. Met gevarieerde gaven, ervoeren ze seksuele en positionele variaties het creëren van een perfect beeld.

De meisjes leken onverzadigbaar in hun seksuele ijver wat die professionals gek dreef. Ze gingen door de nacht seks en het plezier leek nooit te eindigen. Ze gingen pas weg toen ze een dringend telefoontje kregen van het werk. Ze stopten en gingen naar het politierapport te beantwoorden. Toch zouden ze nooit vergeten dat prachtige ervaring naast de "Perverse zusters".

Medisch consult

Het drong aan op de prachtige binnenland hoofdstad. Meestal werden de twee perverse zussen vroeg wakker. Echter, toen ze opstonden, voelden ze zich niet goed. Terwijl Amelinha bleef niezen, voelde haar zus Belinha zich een beetje verstikt. Deze feiten kwamen waarschijnlijk van de vorige nacht in Virginia War Square, waar ze dronken, kuste op de mond en snuift harmonieus in de serene nacht.

Omdat ze zich niet goed en zonder kracht voor iets voelden, zaten ze op de bank religieus na te denken over wat ze moesten doen omdat professionele verplichtingen wachtten om opgelost te worden.

"Wat doen we, zuster? Ik ben helemaal buiten adem en uitgeput, zei Belinha.

"Vertel me erover! Ik heb hoofdpijn en ik begin een virus te krijgen. We zijn verdwaald! "Zei Amelinha.

"Maar ik denk niet dat dat een reden is om werk te missen! Mensen zijn afhankelijk van ons! "Zei Belinha

"Rustig, laten we niet in paniek raken! Zullen we ons aansluiten bij de Nice? "Voorgestelde Amelinha.

"Zeg me niet dat je denkt wat ik denk.... "Belinha was verbaasd.

"Dat klopt. Laten we samen naar de dokter gaan! Het zal een goede reden zijn om werk te missen en wie weet gebeurt niet wat we willen! "Zei Amelinha

"Geweldig idee! Waar wachten we nog op? Laten we ons klaarmaken! "Gevraagd Belinha.

"Kom nou! "Amelinha overeengekomen.

De twee gingen naar hun respectievelijke behuizingen. Ze waren zo enthousiast over het besluit; Ze zagen er niet eens ziek uit. Was het allemaal hun uitvinding? Vergeef me, lezer, laten we niet slecht denken aan onze lieve vrienden. In plaats daarvan zullen we hen vergezellen in dit spannende nieuwe hoofdstuk van hun leven.

In de slaapkamer baden ze in hun suites, legden nieuwe kleren en schoenen aan, kamden hun lange haren, legden een Frans parfum aan en gingen toen naar de keuken. Daar sloegen ze eieren en kaas die twee broden vulden en aten ze met een gekoeld sap. Alles was erg lekker. Toch leken ze het niet te voelen omdat de angst en nervositeit voor de afspraak van de dokter gigantisch waren.

Met alles klaar, verlieten ze de keuken om het huis te verlaten. Met elke stap die ze namen, hun kleine hartjes kloppen met emotie denken in een volledig nieuwe ervaring. Gezegend zij ze allemaal! Optimisme greep hen en was iets om te worden gevolgd door anderen!

Aan de buitenkant van het huis, gaan ze naar de garage. Het openen van de deur in twee pogingen, ze staan voor de bescheiden rode auto. Ondanks hun goede smaak in auto's, gaven ze de voorkeur aan de populaire naar de klassiekers uit angst voor het gemeenschappelijke geweld aanwezig in bijna alle Braziliaanse regio's.

Zonder vertraging, de meisjes in de auto geven de uitgang voorzichtig en dan een van hen sluit de garage terug te keren naar de auto onmiddellijk na. Wie drijft is Amelinha met ervaring al tien jaar. Belinha mag nog niet rijden.

De zeer korte route tussen hun huis en het ziekenhuis wordt gedaan met veiligheid, harmonie en rust. Op dat moment hadden ze het valse gevoel dat ze alles konden doen. Tegensprekend waren ze bang voor zijn sluwheid en vrijheid. Zelf waren ze verrast door de ondernomen acties. Het was niet voor iets minder dat ze werden genoemd sletterige goede klootzakken!

Aangekomen in het ziekenhuis, ze gepland de afspraak en wachtte te worden opgeroepen. In dit tijdsinterval maakten ze gebruik van het maken van een snack en wisselden ze berichten uit via de mobiele applicatie met hun dierbare seksuele bedienden. Meer cynisch en vrolijk dan deze, het was onmogelijk om te zijn!

Na een tijdje is het hun beurt om gezien te worden. On-afscheidelijk, ze gaan het zorgkantoor binnen. Wanneer dit gebeurt, arts bijna een hartaanval. Voor hen was een zeldzaam stuk van een man: Een lange blonde, een meter en negentig centimeter lang, bebaard, haar vormen een paardenstaart, gespierde armen en borsten, natuurlijke gezichten met een engelachtige look. Nog voordat ze een reactie konden opstellen, nodigt hij uit:

"Ga zitten, jullie allebei!

"Bedankt! "Ze zeiden beide.

De twee hebben tijd om een snelle analyse van de omgeving te maken: Voor de servicetafel, de dokter, de stoel waarin hij zat en achter een kast. Aan de rechterkant, een bed. Aan de muur hangen expressionistische schilderijen van auteur Cândido Portinari die de man van het platteland afbeeldt. De sfeer is erg gezellig waardoor de meisjes op hun gemak. De sfeer van ontspanning wordt doorbroken door het formele aspect van het overleg.

"Vertel me wat jullie voelen, meiden!

Dat klonk informeel voor de meisjes. Hoe lief was die blonde man! Het moet heerlijk zijn geweest om te eten.

"Hoofdpijn, indispositie en virus! "Vertelde Amelinha.

"Ik ben ademloos en moe! "Hij beweerde Belinha.

"Het is OK! Laat me eens kijken! Ga op het bed liggen! "De dokter gevraagd.

De hoeren ademden nauwelijks op dit verzoek. De professional maakte ze opstijgen een deel van hun kleren en voelde ze in verschillende delen die koude rillingen en koud zweet veroorzaakt. Realiserend dat er niets ernstigs met hen was, grapte de begeleider:

"Het ziet er allemaal perfect uit! Waar moeten ze bang voor zijn? Een injectie in de kont?

"Ik vind het geweldig! Als het een grote en dikke injectie nog beter! "Zei Belinha.

"Zal je langzaam toe te passen, liefde? "Zei Amelinha.

"Je vraagt al te veel! "Merkte de clinicus op.

Voorzichtig de deur sluiten, valt hij op de meisjes als een wild dier. Eerst haalt hij de rest van de kleren van de lichamen. Dit scherpt zijn libido nog meer. Door helemaal naakt te zijn, bewondert hij even die sculpturale wezens. Dan is het zijn beurt om te pronken. Hij zorgt ervoor dat ze hun kleren uit-trekken. Dit verhoogt het samenspel en de intimiteit tussen de groep.

Met alles klaar, beginnen ze de voorrondes van seks. Met behulp van de tong in gevoelige delen zoals de anus, de kont en het oor de blonde veroorzaakt mini-plezier orgasmes bij beide vrouwen. Alles ging prima, zelfs wanneer iemand op de deur klopte. Geen uitweg, hij moet antwoorden. Hij loopt een beetje en opent de deur. Daarbij komt hij de oproepver-pleegkundige tegen: een slanke mulat, met dunne benen en zeer laag.

"Dokter, ik heb een vraag over de medicatie van een patiënt: is het vijf of driehonderd milligram aspirine? "Vroeg Roberto met een recept.

"Vijfhonderd! "Bevestigde Alex.

Op dit moment zag de verpleegster de voeten van de naakte meisjes die zich probeerden te verstoppen. Lachte vanbinnen.

"Een grapje, hè? Bel je vrienden niet eens.

"Pardon! Wil je bij de bende?

"Dat zou ik graag willen!

"Kom dan!

De twee gingen de kamer binnen en sloten de deur achter zich af. Meer dan snel trok de mulat zijn kleren uit. Helemaal naakt, toonde hij zijn lange, dikke, aderachtige mast als een trofee. Belinha was opgetogen en gaf hem al snel orale seks. Alex eiste ook dat Amelinha hetzelfde met hem zou doen. Na mondeling, begonnen ze anale. In dit deel, Belinha vond het erg moeilijk vast te houden aan monster pik van de verpleegster. Maar toen het eenmaal in het gat kwam, was hun plezier enorm. Aan de andere kant voelden ze geen problemen omdat hun penis normaal was.

Toen hadden ze vaginale seks in verschillende posities. De beweging van heen en weer in de holte veroorzaakte hallucinaties in hen. Na deze fase, de vier verenigd in een groep seks. Het was de beste ervaring waarin de resterende energieën werden besteed. Een kwartier later waren ze allebei uitverkocht. Voor de zusters zou seks nooit eindigen, maar goed als ze werden gerespecteerd de zwakheid van die mannen. Omdat ze hun werk niet willen verstoren, stoppen ze met het afleggen van het bewijs van rechtvaardiging van het werk en hun persoonlijke telefoon. Ze vertrokken volledig samengesteld zonder de aandacht van iemand te wekken tijdens de ziekenhuisoversteek.

Aangekomen op de parkeerplaats, gingen ze de auto en

begon de weg terug. Gelukkig als ze zijn, waren ze al denken over hun volgende seksuele kattenkwaad. De perverse zusters waren echt iets!

Privéles

Het was een middag als alle andere. Nieuwkomers van het werk, de perverse zusters waren bezig met huishoudelijke klusjes. Na het beëindigen van alle taken, verzamelden ze zich in de kamer om een beetje te rusten. Terwijl Amelinha een boek las, gebruikte Belinha het mobiele internet om door haar favoriete websites te bladeren.

Op een gegeven moment, de tweede schreeuwt hardop in de kamer, die haar zus bang maakt.

"Wat is het, meisje? Ben je gek? "Vroeg Amelinha.

"Ik heb net toegang tot de website van wedstrijden met een dankbare verrassing geïnformeerd Belinha.

"Vertel me meer!

"Registraties van de federale regionale rechtbank zijn open. Laten we dat doen?

"Goed gesprek, mijn zus! Wat is het salaris?

"Meer dan tienduizend initiële dollars.

"Zeer goed! Mijn werk is beter. Echter, ik zal de wedstrijd te maken, want ik ben de voorbereiding van mezelf op zoek naar andere evenementen. Het zal dienen als een experiment.

"Je doet het heel goed! Moedig me aan. Ik weet niet waar ik moet beginnen. Kun je me tips geven?

"Koop een virtuele cursus, stel veel vragen op de testsites, doe en doe eerdere tests opnieuw, schrijf samenvattingen, bekijk tips en download onder andere goede materialen op het internet.

"Bedankt! Ik neem al dit advies op! Maar ik heb meer nodig. Kijk, zuster, aangezien we geld hebben, wat dacht je ervan om te betalen voor een privéles?

"Daar had ik nog niet aan gedacht. Dat is een goed idee! Heeft u suggesties voor een bekwaam persoon?

"Ik heb een zeer bekwame leraar hier van Arcoverde in mijn telefoon contacten. Kijk naar zijn foto!

Belinha gaf haar zus haar mobiele telefoon. Toen ze de foto van de jongen zag, was ze extatisch. Naast knap, hij was slim! Het zou een perfect slachtoffer van het paar toetreden tot de nuttige aan de aangename.

"Waar wachten we nog op? Ga hem halen, zuster! We moeten snel studeren. "Amelinha zei.

"Je hebt het! "Belinha aanvaard.

Toen ze op stond van de bank, begon ze de nummers van de telefoon op de nummerplaat te bellen. Zodra de oproep is gemaakt, duurt het slechts een paar momenten om te worden beantwoord.

"Hallo. Gaat het goed met je?

"Het is allemaal geweldig, Renato.

"Stuur de bestellingen.

"Ik was surfen op het internet toen ik ontdekte dat aanvragen voor de federale regionale rechtbank concurrentie open zijn. Ik noemde mijn geest onmiddellijk als een respectabele leraar. Herinner je je het schoolseizoen nog?

"Ik herinner me die tijd goed. Goede tijden degenen die niet terugkomen!

"Dat klopt! Heb je tijd om ons een privéles te geven?

"Wat een gesprek, jongedame! Voor jou heb ik altijd tijd! Welke datum stellen we vast?

"Kunnen we het morgen om 14:00 uur doen? We moeten beginnen!

"Natuurlijk doe ik dat! Met mijn hulp zeg ik nederig dat de kans op overlijden ongelooflijk groter wordt.

"Ik ben er zeker van!

"Hoe goed! Je me om twee uur verwachten.

"Hartelijk dank! Tot morgen!

"Tot later!

Belinha hing de telefoon op en schetste een glimlach voor zijn metgezel. Vermoedend het antwoord, vroeg Amelinha:

"Hoe ging het?

"Hij accepteerde het. Morgen om twee uur is hij hier.

"Hoe goed! Zenuwen doen pijn.

"Doe het rustig aan, zuster! Het komt wel goed.

"Amen!

"Zullen we het diner bereiden? Ik heb al honger!

"Goed herinnerd.!

Het paar ging van de woonkamer naar de keuken waar in een aangename omgeving sprak, speelde, gekookt onder andere activiteiten. Het waren voorbeeldige figuren van zusters verenigd door pijn en eenzaamheid. Het feit dat ze in seks waren, kwalificeerde hen alleen maar meer. Zoals jullie allemaal weten, heeft de Braziliaanse vrouw warmbloed.

Kort daarna verbroederden ze zich rond de tafel, denkend aan het leven en de wisselvalligheden.

"Het eten van deze heerlijke Kip crème, ik herinner me de

zwarte man en de brandweermannen! Momenten die nooit voorbij lijken te gaan! "Belinha zei!

"Vertel me erover! Die jongens zijn heerlijk! Om nog maar te zwijgen van de verpleegster en de dokter! Ik vond het ook! "Herinnerde Amelinha!

"Waar genoeg, mijn zus! Het hebben van een mooie mast elke man wordt aangenaam! Mogen de feministen me vergeven!

"We hoeven niet zo radicaal te zijn...!

De twee lachen en blijven eten het eten op de tafel. Voor een moment, niets anders telde. Ze leken alleen te zijn in de wereld en dat kwalificeerde hen als Godinnen van schoonheid en liefde. Want het belangrijkste is om je goed te voelen en zelfvertrouwen te hebben.

Vertrouwen in zichzelf, ze blijven in de familie ritueel. Aan het einde van dit stadium surfen ze op het internet, luisteren ze naar muziek op de huiskamerstereo, kijken ze soap en later een pornofilm. Deze rush laat ze ademloos en moe dwingt hen om te gaan rusten in hun respectieve kamers. Ze waren reikhalzend uit naar de volgende dag.

Het zal niet lang duren voordat ze in een diepe slaap vallen. Afgezien van nachtmerries, nacht en dageraad plaatsvinden binnen het normale bereik. Zodra de dageraad komt, staan ze op en beginnen ze de normale routine te volgen: Bad, ontbijt, werk, terug naar huis, bad, lunch, dutje en ga naar de kamer waar ze wachten op het geplande bezoek.

Als ze horen kloppen op de deur, Belinha staat op en gaat om te antwoorden. Daarbij komt hij de lachende leraar tegen. Dit veroorzaakte hem goede interne tevredenheid.

"Welkom terug, mijn vriend! Klaar om het ons te leren?

"Ja, heel, heel klaar! Nogmaals bedankt voor deze kans! "Zei Renato.

"Laten we naar binnen gaan! – Zei Belinha.

De jongen dacht niet twee keer na en accepteerde het verzoek van het meisje. Hij begroette Amelinha en op haar signaal, zat op de bank. Zijn eerste houding was om de zwarte gebreide blouse af te doen omdat het te warm was. Hiermee liet hij zijn goed uitgewerkte borstplaat achter in de sportschool, het zweet druipend en zijn donkergetinte licht. Al deze details waren een natuurlijk afrodisiacum voor deze twee "Perverselingen".

Doen alsof er niets aan de hand was, werd een gesprek gestart tussen de drie van hen.

"Heb je een goede klas voorbereid, professor? "Vroeg Amelinha.

"Ja! Laten we beginnen met welk artikel? "Gevraagd Renato.

"Ik weet het niet ... "zei Amelinha.

"Wat dacht je van plezier eerst? Nadat je je shirt uitdeed, werd ik nat. "Belinha bekend.

"Ik ook" Zei Amelinha.

"Jullie twee zijn echt seksmaniakken! Is dat niet waar ik van hou? "Zei de meester.

Zonder te wachten op een antwoord, nam hij zijn blauwe jeans met de adducten spieren van zijn dij, zijn zonnebril met zijn blauwe ogen en ten slotte zijn ondergoed met een per-fectie van lange penis, gemiddelde dikte en met driehoekige hoofd. Het was genoeg voor de kleine hoeren om op de top te vallen en te beginnen te genieten van dat mannelijke, joviale lichaam. Met zijn hulp trokken ze hun kleren uit en begonnen de voorrondes van seks.

Kortom, dit was een prachtige seksuele ontmoeting waar ze veel nieuwe dingen meemaakten. Het was bijna veertig minuten wilde seks in volledige harmonie. Op deze momenten was de emotie zo groot dat ze de tijd en ruimte niet eens merkten. Daarom waren ze oneindig door Gods liefde.

Toen ze in extase kwamen, rustten ze een beetje op de bank. Vervolgens bestudeerden ze de disciplines die door de wedstrijd in rekening werden gebracht. Als studenten, de twee waren behulpzaam, intelligent en gedisciplineerd, die werd opgemerkt door de leraar. Ik weet zeker dat ze op weg waren naar goedkeuring.

Drie uur later stopten ze met het beloven van nieuwe studiebijeenkomsten. Gelukkig in het leven, de perverse zusters gingen om te zorgen voor hun andere taken al na te denken over hun volgende avonturen. Ze stonden in de stad bekend als "De Onverzadigbare".

Wedstrijdtest

Het is al een tijdje geleden. Voor ongeveer twee maanden, de perverse zusters waren zich wijden aan de wedstrijd volgens de beschikbare tijd. Elke dag die voorbijging, waren ze meer voorbereid op wat kwam en ging. Tegelijkertijd waren er seksuele ontmoetingen en op deze momenten werden ze bevrijd.

De testdag was eindelijk aangebroken. Vertrekkend van de hoofdstad van het achterland, de twee zussen begon te lopen de BR 232 snelweg van een totale route van 250 km. Onderweg passeerden ze de belangrijkste punten van het binnenland van de staat: Pesqueira, mooie tuin, heilige Gaetano, Caruaru, Gravatá, kalveren en Overwinning van heilige Antao. Elk van deze steden had een verhaal te vertellen en uit hun ervaring namen ze het volledig op. Hoe goed was het om de bergen, het Atlantische bos, de caatinga, de boerderijen, boerderijen, dorpen, kleine steden te zien en de schone lucht uit de bossen te drinken. Pernambuco was echt een prachtige staat!

Het invoeren van de stedelijke omtrek van de hoofdstad, vieren ze de goede realisatie van de Reis. Neem de belangrijkste weg naar de buurt goede reis waar ze de test zou uitvoeren. Onderweg worden ze geconfronteerd met druk verkeer, onverschilligheid van vreemden, vervuilde lucht en gebrek aan begeleiding. Maar ze hebben het eindelijk gehaald. Ze betreden het betreffende gebouw, identificeren zich en beginnen aan de test die twee perioden zou duren. Tijdens het eerste deel van de test zijn ze volledig gericht op de uitdaging van meerkeuzevragen. Goed uitgewerkt door de bank die verantwoordelijk is voor het evenement, gevraagd de meest uiteenlopende uitwerkingen van de twee. Volgens hen deden ze het goed. Toen ze de pauze namen, gingen ze lunchen en een sapje drinken in een restaurant voor het gebouw. Deze momenten waren belangrijk voor hen om hun vertrouwen, relatie en vriendschap te behouden.

Daarna gingen ze terug naar de testlocatie. Daarna begon de tweede periode van het evenement met kwesties die zich bezighouden met andere disciplines. Zelfs zonder hetzelfde tempo te houden, waren ze nog steeds erg scherpzinnig in hun antwoorden. Ze bewezen op deze manier dat de beste manier om wedstrijden te passeren is door veel te besteden aan studies. Een tijdje later beëindigden ze hun zelfverzekerde deelname. Ze overhandigden het bewijs, keerden terug naar de auto, op weg naar het strand in de buurt.

Op de weg, speelden ze, draaide op het geluid, commentaar op de race en geavanceerde in de straten van Recife kijken naar de verlichte straten van de hoofdstad, want het was bijna nacht. Ze vergapen zich aan het spektakel. Geen wonder dat de stad bekend staat als de "hoofdstad van de tropen". De zon onder gaat waardoor de omgeving een nog mooiere uitstraling krijgt. Wat leuk om daar te zijn op dat moment!

Toen ze het nieuwe punt bereikten, benaderden ze de kusten van de zee en lanceerden vervolgens in zijn koude en kalme wateren. Het uitgelokte gevoel is extatisch van vreugde, tevredenheid, tevredenheid en vrede. Als ze de tijd uit het oog verliezen, zwemmen ze tot ze moe zijn. Daarna liggen ze op het strand in sterrenlicht zonder angst of zorgen. Magic nam ze briljant vast. Een woord te gebruiken in dit geval was "Onmetelijk".

Op een gegeven moment, met het strand bijna verlaten, is er een aanpak van twee mannen van de meisjes. Ze proberen op te staan en rennen in het gezicht van gevaar. Maar ze worden tegengehouden door de sterke armen van de jongens.

"Doe het rustig aan, meiden! We gaan je geen pijn doen. We vragen alleen om een beetje aandacht en genegenheid! "Een van hen sprak.

Geconfronteerd met de zachte toon, de meisjes lachten met emotie. Als ze seks wilden, waarom dan niet voldoen aan hen? Ze waren meesters in deze kunst. Inspelend op hun verwachtingen, stonden ze op en hielpen hen hun kleren uit te trekken. Ze leverden twee condooms en maakten een strip-tease. Het was genoeg om die twee mannengek te maken.

Toen ze op de grond vielen, hielden ze in paren van elkaar en hun bewegingen lieten de vloer schudden. Ze lieten zich alle seksuele variaties en verlangens van beide. Op dit punt van levering, gaven ze niets om iets of iemand. Voor hen waren ze alleen in het universum in een groot ritueel van liefde zonder vooroordelen. In seks waren ze volledig met elkaar verweven en produceerden ze een nooit eerder vertoonde kracht. Net als instrumenten maakten ze deel uit van een grotere kracht in de voortzetting van het leven.

Alleen uitputting dwingt hen om te stoppen. Volledig tevreden, de mannen stoppen en lopen weg. De meisjes besluiten terug te gaan naar de auto. Ze beginnen hun reis terug naar hun woonplaats. Helemaal goed, ze namen hun ervaringen mee en verwachtten goed nieuws over de wedstrijd waaraan ze deelnamen. Ze verdienden zeker het beste geluk in de wereld.

Drie uur later kwamen ze in vrede thuis. Ze danken God voor de zegeningen die worden verleend door te gaan slapen. In de andere dag, wachtte ik op meer emoties voor de twee maniakken.

De terugkeer van de leraar

Dawn. De zon komt vroeg op met zijn stralen die door de scheuren van het raam gaan strelen de gezichten van ons lieve kindje. Bovendien, de fijne ochtendbries hielp creëren stemming in hen. Hoe fijn was het om de kans van een andere dag met vaders zegen te hebben. Langzaam, de twee opstaan uit hun respectieve bedden op bijna hetzelfde moment. Na het baden vindt hun bijeenkomst plaats in de luifel waar ze samen ontbijt bereiden. Het is een moment van vreugde, anticipatie en afleiding delen ervaringen op ongelooflijk fantastische tijden.

Na het ontbijt is klaar, verzamelen ze rond de tafel comfortabel zittend op houten stoelen met een rugleuning voor de kolom. Terwijl ze eten, wisselen ze intieme ervaringen uit.

Belinha

Mijn zus, wat was dat?

Amelinha

Pure emotie! Ik herinner me nog elk detail van de lichamen van die lieve cretins!

Belinha

Ik ook van jou! Ik voelde me een groot genoegen. Het was bijna buitenzintuiglijk.

Amelinha

Weet ik! Laten we deze gekke dingen vaker doen!

Belinha

Ik ben het ermee eens!

Amelinha

Vond je de test leuk?

Belinha

Ik vond het geweldig. Ik wil heel graag mijn prestaties checken!

Amelinha

Ik ook van jou!

Zodra ze klaar zijn met voeden, de meisjes pakte hun mobiele telefoons door toegang tot het mobiele internet. Ze navigeerden naar de pagina van de organisatie om de feedback van het bewijs te controleren. Ze schreven het op papier en gingen naar de kamer om de antwoorden te controleren.

Binnen sprongen ze van vreugde toen ze de goede noot zagen. Ze waren geslaagd! De emotie die gevoeld werd, kon nu niet worden ingeperkt. Na veel feest te hebben gevierd, heeft hij het beste idee: Nodig meester Renato uit, zodat ze het succes van de missie kunnen vieren. Belinha heeft weer de leiding over de missie. Ze neemt haar telefoon op en belt.

Belinha

Hallo?

Renato

Hallo, gaat het goed met je? Hoe gaat het met je, lieve Belle?

Belinha

Heel goed! Raad eens wat er net gebeurd is.

Renato

Vertel me niet dat je.

Belinha

Ja! We zijn geslaagd voor de wedstrijd!

Renato

Gefeliciteerd! Heb ik het niet gezegd?

Belinha

Ik wil u hartelijk bedanken voor uw medewerking in alle opzichten. Je begrijpt me, hè?

Renato

Ik begrijp het wel. We moeten iets opzetten. Bij voorkeur bij u thuis.

Belinha

Daarom heb ik gebeld. Kunnen we het vandaag doen?

Renato

Ja! Ik kan het vanavond doen.

Belinha

Wonder. We verwachten je dan om acht uur 's avonds.

Renato

Oké. Mag ik mijn broer meenemen?

Belinha

Natuurlijk!

Renato

Tot ziens!

Belinha

Tot ziens!

De verbinding eindigt. Kijkend naar haar zus, Belinha laat een lach van geluk. Nieuwsgierig, de andere vraagt:

Amelinha

En dus? Komt hij?

Belinha

Het is goed! Vanavond om acht uur worden we herenigd. Hij en zijn broer komen eraan! Heb je al aan seks gedacht?

Amelinha

Vertel me erover! Ik ben al kloppend van emotie!

Belinha

Laat er hart zijn! Ik hoop dat het werkt!

Amelinha

"Het is allemaal uitgewerkt!

De twee lachen tegelijkertijd het vullen van de omgeving met positieve trillingen. Op dat moment twijfelde ik er niet aan dat het lot samenzweerder voor een avond plezier voor dat maniak duo. Ze hadden al zoveel stadia samen bereikt dat ze nu niet zouden verzwakken. Ze moeten daarom doorgaan met het verafgoden van mannen als een seksueel spel en ze vervolgens weggooien. Dat was de minste race die kon doen om hun lijden te verlichten. In feite verdient geen enkele vrouw het om te lijden. Of beter gezegd, bijna elke vrouw verdient geen pijn.

Tijd om aan het werk te gaan. De twee zussen laten de kamer al klaar staan en gaan naar de garage waar ze in hun privéauto vertrekken. Amelinha neemt Belinha eerst mee naar school en vertrekt dan naar het boerderijkantoor. Daar straalt ze vreugde uit en vertelt ze het professionele nieuws. Voor de goedkeuring van de wedstrijd, ontvangt hij de felicitaties van iedereen. Hetzelfde gebeurt met Belinha.

Later keren ze terug naar huis en ontmoeten elkaar weer. Dan begint de voorbereiding om uw collega's te ontvangen. De dag beloofde nog specialer te worden.

Precies op het geplande tijdstip horen ze op de deur kloppen. Belinha, de slimste van hen, staat op en antwoordt. Met stevige en veilige stappen zet hij zichzelf in de deur en opent het langzaam. Na voltooiing van deze operatie visualiseert hij het paar broers. Met een signaal van de gastvrouw gaan ze op de bank in de woonkamer.

Renato

Dit is mijn broer. Zijn naam is Ricardo.

Belinha

Leuk om je te ontmoeten, Ricardo.

Amelinha

U bent hier van harte welkom!

Ricardo

Ik dank jullie beiden. Het plezier is helemaal van mij!

Renato

Ik ben er klaar voor! Kunnen we gewoon naar de kamer gaan?

Belinha

Kom nou!

Amelinha

Wie krijgt wie nu?

Renato

Ik kies Belinha zelf.

Belinha

Bedankt, Renato, bedankt! We zijn samen!

Ricardo

Ik blijf graag bij Amelinha!

Amelinha

Je gaat beven!

Ricardo

We zullen zien!

Belinha

Laat dan het feest beginnen!

De mannen voorzichtig geplaatst de vrouwen op de arm die ze tot aan de bedden gelegen in de slaapkamer van een van hen. Aangekomen op de plaats, trekken ze hun kleren uit en vallen in het prachtige meubilair beginnen het ritueel van de liefde in verschillende posities, uitwisseling strelingen en medeplichtigheid. De opwinding en het plezier waren zo groot dat de kreunt geproduceerd kon worden gehoord aan de overkant van de straat schandalig de buren. Ik bedoel, niet zo zeer, omdat ze al wisten over hun roem.

Met de conclusie van de top, de liefhebbers terug te keren naar de keuken waar ze drinken sap met koekjes. Terwijl ze eten, chatten ze twee uur lang, waardoor de interactie van de groep toeneemt. Hoe goed het was om daar te leren over het leven en hoe gelukkig te zijn. Tevredenheid is goed met jezelf en met de wereld bevestigen haar ervaringen en waarden voor anderen die de zekerheid van het niet kunnen worden beoordeeld door anderen. Daarom was het maximum dat ze geloofden "Ieder is zijn eigen persoon".

Tegen de avond nemen ze eindelijk afscheid. De bezoekers verlaten de " Lieve Pyreneeën" nog euforischer als ze nadenken over nieuwe situaties. De wereld bleef maar draaien naar de twee vertrouwelingen. Mogen ze geluk hebben!

De manische clown

Zondag kwam en met hem veel nieuws in de stad. Onder hen de komst van een circus genaamd "Superstar", beroemd in heel Brazilië. Dat is alles waar we het in het gebied over hebben gehad. Nieuwsgierig van nature, de twee zussen geprogrammeerd om de opening van de show gepland voor deze avond bij te wonen.

Tegen het schema waren de twee al klaar om uit te gaan na een speciaal diner voor hun ongehuwde persoonsfeest. Gekleed voor het gala paradeerden beiden tegelijk, waar ze het huis verlieten en de garage binnengingen. Bij het betreden van de auto beginnen ze met een van hen die naar beneden komt en de garage sluit. Met de terugkeer van hetzelfde kan de reis zonder verdere problemen worden hervat.

Als u de wijk Saint Christopher verlaat, gaat u naar district Boa Vista aan de andere kant van de stad, de hoofdstad van het achterland met ongeveer tachtigduizend inwoners. Terwijl ze langs de stille lanen lopen, verbazen ze zich over de architectuur, de kerstversiering, de geesten van de mensen, de kerken, de bergen waarover ze leken te spreken, de geurige woordspelingen die in medeplichtigheid werden uitgewisseld, het geluid van luide rots, het Franse parfum, de gesprekken over politiek, zaken, samenleving, feesten, noordoostelijke cultuur en geheimen. Hoe dan ook, ze waren volledig ontspannen, angstig, nerveus en geconcentreerd.

Onderweg valt er meteen een fijne regenbui. Tegen de verwachtingen in openen meisjes de autoruiten waardoor kleine druppels water hun gezicht smeren. Dit gebaar toont hun eenvoud en authenticiteit, echte zelf-astrale kampioenen. Dit is de beste optie voor mensen. Wat heeft het voor zin om mislukkingen, de rusteloosheid en pijn uit het verleden weg te nemen? Ze zouden ze nergens mee naartoe nemen. Daarom waren ze blij met hun keuzes. Hoewel de wereld hen oordeelde, kon het hun niet schelen omdat ze hun lot bezaten. Gelukkige verjaardag voor hen!

Zo'n tien minuten verderop staan ze al op de parkeerplaats bij het circus. Ze sluiten de auto, lopen een paar meter de binnenplaats van de omgeving op. Om vroeg te komen, zitten ze op de eerste tribunes. Terwijl je op de show wacht, kopen ze popcorn, bier, laten ze de bullshit vallen en zwijgen ze woordspelingen. Er was niets beter dan in het circus te zijn!

Veertig minuten later wordt de show gestart. Onder de attracties zijn grappende clowns, acrobaten, trapezeartiesten, slangenmens, dood wereldbol, goochelaars, jongleurs en een muzikale show. Drie uur lang leven ze magische momenten, grappig, afgeleid, spelen, verliefd worden, eindelijk leven. Met het uiteenvallen van de show zorgen ze ervoor dat ze naar de kleedkamer gaan en een van de clowns begroeten. Hij had de stunt volbracht om hen op te vrolijken alsof het nooit gebeurd was.

Op het podium moet je een lijn krijgen. Toevallig zijn zij de laatsten die de kleedkamer in gaan. Daar vinden ze een misvormde clown, weg van het podium.

"We kwamen hier om je te feliciteren met je geweldige show. Er zit een Gods gave in! Hij keek naar Belinha.

"Uw woorden en uw gebaren hebben mijn geest geschokt. Ik weet het niet, maar ik merkte een droefheid in je ogen. Heb ik gelijk?

"Dank u beiden voor de woorden. Wat zijn je namen? Antwoordde de clown.

"Mijn naam is Amelinha!

"Mijn naam is Belinha.

"Leuk je te ontmoeten. Je mag me Gilbert noemen! Ik heb genoeg pijn meegemaakt in dit leven. Een daarvan was de recente scheiding van mijn vrouw. Je moet begrijpen dat het niet gemakkelijk is om na 20 jaar leven van je vrouw te scheiden, toch? Hoe dan ook, ik ben blij om mijn kunst te vervullen.

"Arme kerel! Het spijt me! (Amelinha).

"Wat kunnen we doen om hem op te vrolijken? (Belinha).

"Ik weet niet hoe. Na de breuk van mijn vrouw mis ik haar zo erg. (Gilbert).

"We kunnen dit oplossen, nietwaar, zuster? (Belinha).

"Tuurlijk. Je bent een knappe man. (Amelinha)

"Dank je wel, meiden. Je bent geweldig. Riep Gilbert uit.

Zonder langer te wachten, ging de witte, lange, sterke, donkerogige man zich uitkleden en de dames volgden zijn voorbeeld. Naakt ging het trio het voorspel in, daar op de grond. Meer dan een uitwisseling van emoties en vloeken, seks amuseerde hen en vrolijkte hen op. In die korte momenten voelden ze delen van een grotere kracht, de liefde van God. Door liefde bereikten ze de grotere extase die een mens kon bereiken.

Als ze de act afmaken, verkleden ze zich en nemen ze afscheid. Die ene stap en de conclusie die kwam was dat de mens een wilde wolf was. Een manische clown om nooit te vergeten. Niet meer, ze verlaten het circus en verplaatsen zich naar de parkeerplaats. Ze stappen in de auto en beginnen aan hun weg terug. De volgende dagen werden meer verrassingen beloofd.

De tweede dageraad is mooier dan ooit gekomen. Vroeg in de ochtend zijn onze vrienden blij om de hitte van de zon en de bries in hun gezicht te voelen dwalen. Deze contrasten veroorzaakten in het fysieke aspect van hetzelfde een goed gevoel van vrijheid, tevredenheid, voldoening en vreugde. Ze waren er klaar voor om een nieuwe dag tegemoet te gaan.

Ze concentreren hun krachten echter op hun tillen. De volgende stap is om naar de suite te gaan en het met extreme landloperij te doen alsof ze van de staat Bahia zijn. Niet om onze dierbare buren pijn te doen, natuurlijk. Het land van alle heiligen is een spectaculaire plek vol cultuur, geschiedenis en seculiere tradities. Leve Bahia.

In de badkamer trekken ze hun kleren uit door het vreemde gevoel dat ze niet alleen waren. Wie heeft er ooit gehoord van de legende van de blonde badkamer? Na een horrorfilmmarathon was het normaal om ermee in de problemen te komen. In het daaropvolgende moment knikken ze met hun hoofd en proberen ze stiller te zijn. Plotseling komt het in de gedachten van elk van hen, hun politieke traject, hun burgerkant, hun professionele, religieuze kant en hun seksuele aspect. Ze voelen zich goed over het feit dat ze onvolmaakte apparaten zijn. Ze waren er zeker van dat kwaliteiten en gebreken bijdroegen aan hun persoonlijkheid.

Verder sluiten ze zich op in de badkamer. Door de douche te openen, laten ze het warme water door de zweterige lichamen stromen vanwege de hitte van de avond ervoor. Vloeistof dient als katalysator die alle trieste dingen absorbeert. Dat is precies wat ze nu nodig hadden: de pijn, het trauma, de teleurstellingen, de rusteloosheid vergeten om nieuwe verwachtingen te vinden. Het huidige jaar was daarin cruciaal. Een fantastische wending in elk aspect van het leven.

Het reinigingsproces wordt gestart met het gebruik van plantensponzen, zeep, shampoo, naast water. Momenteel voelen ze een van de beste genoegens die je dwingt om het ticket op het rif en de avonturen op het strand te onthouden. Intuïtief vraagt hun wilde geest om meer avonturen in wat ze blijven om zo snel mogelijk te analyseren. De situatie begunstigd door de vrije tijd bereikt op het werk van beide als een prijs van toewijding aan de openbare dienst.

Gedurende ongeveer 20 minuten zetten ze hun doelen een beetje opzij om een reflectief moment in hun respectieve intimiteit te beleven. Aan het einde van deze activiteit komen ze uit het toilet, vegen het natte lichaam af met de handdoek, dragen schone kleding en schoenen, dragen Zwitsers parfum, geïmporteerde cosmetiek uit Duitsland met echt mooie zonnebrillen en tiara's. Helemaal klaar gaan ze naar de beker met hun portemonnee op de strip en begroeten zichzelf blij met de hereniging in dank aan de goede Heer.

In samenwerking bereiden ze een ontbijt van jaloezie: couscous in kippensaus, groenten, fruit, koffieroom en crackers. In gelijke delen wordt voedsel verdeeld. Ze wisselen momenten van stilte af met korte woordenwisselingen omdat ze beleefd waren. Klaar met ontbijt, er is geen ontsnapping verder dan wat ze bedoelden.

"Wat stel je voor, Belinha? Ik verveel me!

"Ik heb een slim idee. Weet je nog die persoon die we op het literaire festival ontmoetten?

"Ik weet het nog. Hij was een schrijver en zijn naam was Goddelijk.

"Ik heb zijn nummer. Wat dacht je ervan om contact met ons op te nemen? Ik zou graag willen weten waar hij woont.

"Ik ook. Goed idee. Doe het. Ik zal het geweldig vinden.

"Oké!

Belinha opende haar tas, pakte haar telefoon en begon te bellen. Over een paar ogenblikken beantwoordt iemand de regel en begint het gesprek.

"Hallo.

"Hallo, Goddelijk. OK?

"Oké, Belinha. Hoe gaat het?

"Het gaat goed met ons. Kijk, staat die uitnodiging nog aan? Mijn zus en ik willen vanavond graag een speciale show hebben.

"Natuurlijk wel. Je zult er geen spijt van krijgen. Hier hebben we zagen, overvloedige natuur, frisse lucht voorbij groot gezelschap. Ik ben vandaag ook beschikbaar.

"Wat heerlijk. Nou, wacht op ons bij de ingang van het dorp. In de meeste 30 minuten zijn we er.

"Het is oké. Tot ziens!

"Tot later!

Het gesprek eindigt. Met een grijns gestempeld keert Belinha terug om met haar zus te communiceren.

"Hij zei ja. Zullen we?

"Kom op. Waar wachten we nog op?

Beiden paraderen van de beker naar de uitgang van het huis en sluiten de deur achter zich met een sleutel. Daarna verhuizen ze naar de garage. Ze rijden in de officiële gezinsauto en laten hun problemen achter in afwachting van nieuwe verrassingen en emoties op het belangrijkste land ter wereld. Door de stad, met een hard geluid aan, hielden ze hun hoopje voor zichzelf. Het was op dat moment alles waard totdat ik dacht aan de kans om voor altijd gelukkig te zijn.

Met een korte tijd nemen ze de rechterkant van de snelweg BR 232. Het begint dus de koers van de koers naar prestatie en geluk. Met gematigde snelheid kunnen ze genieten van het berglandschap aan de oevers van de baan. Hoewel het een bekende omgeving was, was elke passage daar meer dan een nieuwigheid. Het was een herontdekt zelf.

Langs plaatsen, boerderijen, dorpen, blauwe wolken, as en rozen gaan droge lucht en warme temperatuur. In de geprogrammeerde tijd komen ze naar de meest landelijke van de ingang van het Braziliaanse binnenland. Mimoso van de kolonels, de helderziende, de Onbevlekte Ontvangenis en mensen met een hoge intellectuele capaciteit.

Toen ze bij de ingang van de wijk stopten, verwachtten ze je lieve vriend met dezelfde glimlach als altijd. Een goed teken voor wie op zoek was naar avonturen. Als ze uit de auto stappen, gaan ze naar de nobele collega die hen ontvangt met een knuffel die driedubbel wordt. Aan dit moment lijkt geen einde te komen. Ze worden al herhaald, ze beginnen de eerste indrukken te veranderen.

"Hoe gaat het met je, Goddelijk? Vroeg Belinha.

"Goed, hoe gaat het met je? Correspondeerde de paragnost.

"Geweldig! (Belinha).

"Beter dan ooit, aangevuld met Amelinha.

"Ik heb een geweldig idee. Wat dacht je ervan dat we de Ororubá berg op gaan? Het was daar precies acht jaar geleden dat mijn traject in de literatuur begon.

"Wat een schoonheid! Het wordt een eer! (Amelinha).

"Ook voor mij! Ik hou van de natuur. (Belinha).

"Dus laten we nu gaan. (Aldivan).

De mysterieuze vriend van de twee zussen trok de straat op. Naar rechts, het betreden van een privéplaats en het lopen van ongeveer honderd meter zet ze in de bodem van de zaag. Ze maken een snelle stop, zodat ze kunnen rusten en hydrateren.

Hoe was het om de berg te beklimmen na al deze avonturen? Het gevoel was rust, verzamelen, twijfel en aarzeling. Het was alsof het de eerste keer was met alle uitdagingen belast door het lot. Plotseling kijken vrienden de grote schrijver met een glimlach tegemoet.

"Hoe is het allemaal begonnen? Wat betekent dat voor jou? (Belinha).

"In 2009 draaide mijn leven om eentonigheid. Wat me in leven hield, was de wil om te internaliseren wat ik voelde in de wereld. Toen hoorde ik van deze berg en de krachten van zijn prachtige grot. Geen uitweg, ik besloot een gokje te wagen voor mijn droom. Ik pakte mijn tas, beklom de berg, voerde drie uitdagingen uit waarvan ik werd erkend dat ze de grot van wanhoop binnengingen, de meest dodelijke, gevaarlijke grot ter wereld. Daarin heb ik grote uitdagingen overtroffen door te eindigen om in de kamer te komen. Het was op dat moment van extase dat het wonder gebeurde, ik werd de paragnost, een alwetend wezen door zijn visioenen. Tot nu toe zijn er nog twintig avonturen geweest en ik zal niet zo snel stoppen. Dankzij lezers bereik ik geleidelijk mijn doel om de wereld te veroveren.

"Spannend. Ik ben een fan van jou. (Amelinha).

"Ontroerend. Ik weet hoe je je moet voelen om deze taak opnieuw uit te voeren. (Belinha).

"Uitstekend. Ik voel een mix van goede dingen, waaronder succes, geloof, klauw en optimisme. Daar krijg ik goede energie van, zei de paragnost.

"Goed. Welk advies geeft u ons?

"Laten we onze focus houden. Ben je klaar om het zelf beter te weten te komen? (De meester).

"Jazeker. Ze stemden met beide in.

"Volg mij dan.

Het trio heeft de onderneming hervat. De zon warmt op, de wind waait wat sterker, de vogels vliegen weg en zingen, de stenen en de doornen lijken te bewegen, de grond schudt en de bergstemmen beginnen te werken. Dit is de omgeving die aanwezig is op de beklimming van de zaag.

Met veel ervaring helpt de man in de grot de hele tijd vrouwen. Zo handelend, zette hij praktische deugden in die belangrijk zijn als solidariteit en samenwerking. In ruil daarvoor leenden ze hem een menselijke warmte en ongelijke toewijding. We zouden kunnen zeggen dat het dat onoverkomelijke, onstuitbare, competente trio was.

Beetje bij beetje gaan ze stap voor stap de stappen van geluk op. Ondanks de aanzienlijke prestatie blijven ze onvermoeibaar in hun zoektocht. In een vervolg vertragen ze het tempo van de wandeling een beetje, maar houden ze het stabiel. Zoals het gezegde luidt, gaat langzaam ver weg. Deze zekerheid vergezelt hen de hele tijd en creëert een spiritueel spectrum van patiënten, voorzichtigheid, tolerantie en overwinnen. Met deze elementen hadden ze vertrouwen om elke tegenslag te overwinnen.

Het volgende punt, de heilige steen, sluit een derde van de cursus af. Er is een korte pauze en ze genieten ervan om te bidden, te bedanken, na te denken en de volgende stappen te plannen. In de juiste mate waren ze op zoek naar het bevredigen van hun hoop, hun angsten, hun pijn, marteling en verdriet. Voor het hebben van geloof vult een onuitwisbare vrede hun hart.

Met de herstart van de reis komen de onzekerheid, de twijfels en de kracht van het onverwachte weer in actie. Hoewel het hen misschien bang zou maken, droegen ze de veiligheid van het zijn in de aanwezigheid van God en de kleine spruit van het binnenland. Niets of niemand zou hen kunnen schaden, simpelweg omdat God het niet zou toestaan. Ze realiseerden zich deze bescherming op elk moeilijk moment van het leven waar anderen hen eenvoudigweg in de steek lieten. God is in feite onze enige trouwe vriend.

Verder zijn ze halverwege. De klim blijft met meer toewijding en melodie uitgevoerd. In tegenstelling tot wat meestal gebeurt met gewone klimmers, helpt ritme motivatie, wil en levering. Hoewel ze geen atleten waren, was het opmerkelijk dat hun prestaties gezond en toegewijd jong waren.

Na het voltooien van driekwart van de route komt de verwachting op ondraaglijke niveaus. Hoe lang zouden ze moeten wachten? Op dit moment van druk was het beste om te proberen het momentum van nieuwsgierigheid te beheersen. Alle voorzichtigheid was nu te danken aan het handelen van de tegengestelde krachten.

Met iets meer tijd maken ze eindelijk de route af. De zon schijnt feller, het licht van God verlicht hen en komt uit een spoor, de bewaker en zijn zoon Renato. Alles werd volledig herboren in het hart van die lieve kleintjes. Ze verdienden die genade omdat ze zo hard hadden gewerkt. De volgende stap van de paragnost is om een stevige knuffel met zijn weldoeners tegen te komen. Zijn collega's volgen hem en maken de vijfvoudige knuffel.

" Goed om je te zien, zoon van God! Ik heb je al lang niet meer gezien! Mijn moederinstinct waarschuwde me voor je nadering, zei de voorouderlijke dame.

"Ik ben blij! Het is alsof ik me mijn eerste avontuur herinner. Er waren zoveel emoties. De berg, de uitdagingen, de grot en het tijdreizen hebben mijn verhaal getekend. Terugkomen hier brengt me goede herinneringen. Nu neem ik twee vriendelijke krijgers mee. Ze hadden deze ontmoeting met de heilige nodig.

"Hoe heten jullie, dames? Vroeg de bewaker van Berg.

"Mijn naam is Belinha en ik ben auditor.

"Mijn naam is Amelinha en ik ben een leraar. We wonen in Arcoverde.

"Welkom, dames. (Bewaker van de Berg.).

"We zijn dankbaar! Daarbij zeiden de twee bezoekers met tranen door hun ogen.

"Ik hou ook van nieuwe vriendschappen. Weer naast mijn meester staan geeft me een bijzonder plezier van degenen die onuitsprekelijk zijn. De enige mensen die dat weten te begrijpen, zijn wij tweeën. Klopt dat niet, partner? (Renato).

"Je verandert nooit, Renato! Uw woorden zijn onbetaalbaar. Met al mijn waanzin was het vinden van hem een van de goede dingen van mijn lot.

Mijn vriend en mijn broer beantwoordden de paragnost zonder de woorden te berekenen. Ze kwamen op natuurlijke wijze naar buiten voor het ware gevoel dat voor hem voedde.

"We corresponderen in dezelfde mate. Daarom is ons verhaal een succes, aldus de jongeman.

"Wat fijn om in dit verhaal te zitten. Ik had geen idee hoe bijzonder de berg was in zijn traject, beste schrijver, zei Amelinha.

"Hij is echt bewonderenswaardig, zus. Bovendien zijn je vrienden oprecht aardig. We leven de echte fictie en dat is het mooiste wat er is. (Belinha).

"We waarderen het compliment. Je moet echter moe zijn van de inspanning die wordt geleverd op het klimmen. Wat dacht je ervan dat we naar huis gaan? We hebben altijd iets te bieden. (Mevrouw).

"We hebben van de gelegenheid gebruik gemaakt om onze gesprekken in te halen. Ik mis Renato zo erg.

"Ik vind het geweldig. Wat de dames betreft, wat zeg je?

"Ik zal het geweldig vinden. (Belinha).

"Dat zullen we doen!

"Laat ons dan gaan! Heeft de master afgerond.

Het kwintet begint te lopen in de volgorde van die fantastische figuur. Onmiddellijk een koude slag door de vermoeide skeletten van de klas. Wie was die vrouw en welke krachten had ze? Ondanks zoveel momenten samen, bleef het mysterie op slot als een deur naar zeven sleutels. Ze zouden het nooit weten omdat het deel uitmaakte van het berggeheim. Tegelijkertijd bleven hun harten in de mist. Ze waren uitgeput van het doneren van liefde en het niet ontvangen, vergeven en weer teleurstellen. Hoe dan ook, of ze raakten gewend aan de realiteit van het leven of ze zouden veel lijden. Ze hadden daarom wat advies nodig.

Stap voor stap gaan ze over de obstakels heen komen. Meteen horen ze een verontrustende schreeuw. Met één blik kalmeert de baas hen. Dat was het gevoel van de hiërarchie, terwijl de sterkste en meest ervaren beschermden, de dienaren terugkeerden met toewijding, aanbidding en vriendschap. Het was tweerichtingsverkeer.

Helaas zullen ze de wandeling met grote en zachtheid beheren. Welk idee was er door Belinha hoofd gegaan? Ze werden midden in de bush belaagd door vervelende dieren die hen pijn konden doen. Verder waren er doornen en puntige stenen aan hun voeten. Omdat elke situatie zijn standpunt heeft, was er zijn de enige kans om jezelf en je verlangens te begrijpen, iets te kort in het leven van bezoekers. Al snel was het avontuur waard.

Halverwege maken ze een stop. Vlak daar vlakbij was een boomgaard. Ze zijn op weg naar de hemel. In de toespeling op het Bijbelverhaal voelden ze zich volledig vrij en geïntegreerd in de natuur. Net als kinderen spelen ze in bomen klimmen, ze nemen de vruchten, ze komen naar beneden en eten ze op. Dan mediteren ze. Ze leerden zodra het leven gemaakt is door momenten. Of ze nu verdrietig of blij zijn, het is goed om ervan te genieten terwijl we leven.

In het daaropvolgende moment nemen ze een verfrissend bad in het meer. Dit feit roept goede herinneringen op aan eens, aan de meest opmerkelijke ervaringen in hun leven. Wat was het fijn om kind te zijn! Hoe moeilijk was het om op te groeien en het volwassen leven onder ogen te zien. Leef met het valse, de leugen en de valse moraal van mensen.

Verderop naderen ze het lot. Rechts op het pad zie je

de eenvoudige krot al. Dat was het heiligdom van de meest prachtige, mysterieuze mensen op de berg. Ze waren geweldig, wat bewijst dat de waarde van een persoon niet ligt in wat het bezit. De adel van de ziel is in karakter, in naastenliefde en adviserende houdingen. Dus het gezegde luidt: een vriend op het plein is beter dan geld dat op een bank wordt gestort.

Een paar stappen naar voren stoppen ze voor de ingang van de hut. Zullen ze antwoorden krijgen op je innerlijke vragen? Alleen de tijd kon deze en andere vragen beantwoorden. Het belangrijkste hieraan was dat ze er waren voor wat er ook komt en gaat.

De voogd neemt de rol van de gastvrouw over en opent de deur en geeft iedereen toegang tot de binnenkant van het huis. Ze gaan het lege hokje binnen en observeren alles breed. Ze zijn onder de indruk van de delicatesse van de plaats die wordt vertegenwoordigd door de versiering, de objecten, het meubilair en het klimaat van mysterie. Tegenstrijdig was dat er meer rijkdom en culturele diversiteit was dan in veel paleizen. We kunnen ons dus gelukkig en compleet voelen, zelfs in nederige omgevingen.

Een voor een nestel je je op de beschikbare locaties, behalve dat Renato naar de keuken gaat om de lunch te bereiden. Het aanvankelijke klimaat van verlegenheid is doorbroken.

"Ik zou je graag beter leren kennen, meisjes.

"We zijn twee meisjes uit Arcoverde City. We zijn professioneel gelukkig, maar verliezers in de liefde. Sinds ik werd verraden door mijn oude partner, ben ik gefrustreerd, bekende Belinha.

"Toen hebben we besloten om terug te gaan naar mannen.

We sloten een pact om ze te lokken en als object te gebruiken. We zullen nooit meer lijden, zei Amelinha.

"Ik geef ze al mijn steun. Ik ontmoette ze in de menigte en nu is hun kans gekomen om hier te bezoeken. (Zoon van God)

"Interessant. Dit is een natuurlijke reactie op het lijden van teleurstellingen. Het is echter niet de beste manier om gevolgd te worden. Het beoordelen van een hele soort op de houding van een persoon is een duidelijke fout. Elk heeft zijn eigenheid. Dit heilige en schaamteloze gezicht van jou kan meer conflict en plezier genereren. Het is aan jou om het juiste punt van dit verhaal te vinden. Wat ik kan doen is steunen zoals je vriend deed en een medeplichtige worden aan dit verhaal dat de heilige geest van de berg analyseerde.

"Ik sta het toe. Ik wil mezelf in dit heiligdom vinden. (Amelinha).

"Ik accepteer ook jullie vriendschap. Wie wist dat ik in een fantastische soap zou zitten? De mythe van de grot en de berg lijken nu zo. Kan ik een wens doen? (Belinha).

"Natuurlijk, lieverd.

"De bergentiteiten kunnen de verzoeken van de nederige dromers horen zoals het mij is overkomen. Vertrouwen! (De zoon van God).

"Ik ben zo ongeloofwaardig. Maar als u dat zegt, zal ik het proberen. Ik vraag om een succesvolle afronding voor ons allemaal. Laat ieder van jullie uitkomen op de belangrijkste gebieden van het leven.

"Ik gun het! Dondert een diepe stem in het midden van de kamer.

Beide hoeren hebben een sprong op de grond gemaakt. Ondertussen lachten en huilden de anderen om de reactie van beiden. Dat feit was meer een noodlottige actie geweest. Wat een verrassing. Er was niemand die had kunnen voorspellen wat er op de top van de berg gebeurde. Omdat een beroemde Indiaan ter plekke was overleden, had de sensatie van de werkelijkheid ruimte gelaten voor het bovennatuurlijke, het mysterie en het ongewone.

"Wat was die donder in godsnaam? Ik sta tot nu toe te trillen, bekende Amelinha.

"Ik hoorde wat de stem zei. Ze bevestigde mijn wens. Droom ik? Vroeg Belinha.

"Wonderen gebeuren! Na verloop van tijd zul je precies weten wat het betekent om dit te zeggen, zei de meester.

"Ik geloof in de berg, en jij moet er ook in geloven. Door haar wonder blijf ik hier overtuigd en veilig van mijn beslissingen. Als we een keer falen, kunnen we opnieuw beginnen. Er is altijd hoop voor degenen die leven, verzekerd de sjamaan van de paragnost die een signaal op het dak laat zien.

"Een lampje. Wat moet dat betekenen? (Belinha).

"Het is zo mooi en helder. (Amelinha).

"Het is het licht van onze eeuwige vriendschap. Hoewel ze fysiek verdwijnt, zal ze intact blijven in onze harten. (Voogd

"We zijn allemaal licht, zij het op een voorname manier. Onze bestemming is geluk. (De paragnost).

Dat is waar Renato binnenkomt en een voorstel doet.

"Het is tijd dat we uitgaan en wat vrienden vinden. De tijd voor plezier is aangebroken.

"Ik heb er zin in. (Belinha)

"Waar wachten we nog op? Het is tijd. (SCHREEUWT)

Het kwartet gaat het bos in. Het tempo van de stappen is snel wat een innerlijke angst van de personages onthult. Mimoso landelijke omgeving droeg bij aan een spektakel van de natuur. Voor welke uitdagingen zou je staan? Zouden de woeste dieren gevaarlijk zijn? De bergmythes konden op elk moment aanvallen, wat behoorlijk gevaarlijk was. Maar moed was een eigenschap die iedereen daar droeg. Niets zal hun geluk stoppen.

Het is zover. In het activateam zat een zwarte man, Renato, en een blondharig persoon. In het passieve team zaten Divine, Belinha en Amelinha. Met het team gevormd, begint het plezier tussen het grijsgroen uit de landbossen.

De zwarte man datet Divine. Renato Dates Amelinha en de blonde man datet met Belinha. Groepsseks begint bij de uitwisseling van energie tussen de zes. Ze waren allemaal voor iedereen voor één. De dorst naar seks en genot was voor iedereen gemeenschappelijk. Van positie wisselend, ervaart iedereen unieke sensaties. Ze proberen anale seks, vaginale seks, orale seks, groepsseks onder andere seksmodaliteiten. Dat bewijst dat liefde geen zonde is. Het is een handel van fundamentele energie voor de menselijke evolutie. Zonder schuldgevoel wisselen ze snel van partner, wat meerdere orgasmes oplevert. Het is een mengeling van extase waarbij de groep betrokken is. Ze brengen uren door met seks totdat ze moe zijn.

Nadat alles is voltooid, keren ze terug naar hun oorspronkelijke posities. Er was nog veel te ontdekken op de berg.

Maandagochtend mooier dan ooit. Vroeg in de ochtend

krijgen onze vrienden het genoegen om de hitte van de zon en de bries in hun gezicht te voelen. Deze contrasten veroorzaakten in het fysieke aspect van hetzelfde een goed gevoel van vrijheid, tevredenheid, voldoening en vreugde. Ze waren er klaar voor om een nieuwe dag tegemoet te gaan.

Bij nader inzien concentreren ze hun krachten op hun tillen. De volgende stap is om naar de suites te gaan en het met extreme landloperij te doen alsof ze uit de staat Bahia komen. Niet om onze dierbare buren pijn te doen, natuurlijk. Het land van alle heiligen is een spectaculaire plek vol cultuur, geschiedenis en seculiere tradities. Leve Bahia!

In de badkamer trekken ze hun kleren uit door het vreemde gevoel dat ze niet alleen waren. Wie heeft er ooit gehoord van de legende van de blonde badkamer? Na een horrorfilm-marathon was het normaal om ermee in de problemen te komen. In het daaropvolgende moment knikken ze met hun hoofd en proberen ze stiller te zijn. Plotseling komt het in de geest van elk van hen hun politieke traject, hun burgerkant, hun professionele, religieuze kant en hun seksuele aspect. Ze voelen zich goed over het feit dat ze onvolmaakte apparaten zijn. Ze waren er zeker van dat kwaliteiten en gebreken bijdroegen aan hun persoonlijkheid.

Ze sluiten zich op in de badkamer. Door de douche te openen, laten ze het warme water door de zweterige lichamen stromen vanwege de hitte van de avond ervoor. Vloeistof dient als katalysator die alle trieste dingen absorbeert. Dat is precies wat ze nu nodig hadden: vergeet de pijn, het trauma, de teleurstellingen, de rusteloosheid om nieuwe verwachtingen te vinden. Het huidige jaar was daarin cruciaal geweest. Een fantastische wending in elk aspect van het leven.

Het reinigingsproces wordt gestart met het gebruik van lichaamswisser, zeep, shampoo buiten water. Momenteel voelen ze een van de beste genoegens die hen dwingt om de pas op het rif en de avonturen op het strand te onthouden. Intuïtief vraagt hun wilde geest om meer avonturen in wat ze blijven om zo snel mogelijk te analyseren. De situatie begunstigd door de vrije tijd bereikt op het werk van beide als een prijs van toewijding aan de openbare dienst.

Gedurende ongeveer 20 minuten zetten ze hun doelen een beetje opzij om een reflectief moment in hun respectieve intimiteit te beleven. Aan het einde van deze activiteit komen ze uit het toilet, vegen het natte lichaam af met de handdoek, dragen schone kleding en schoenen, dragen Zwitsers parfum, geïmporteerde cosmetiek uit Duitsland met echt mooie zonnebrillen en tiara's. Helemaal klaar gaan ze naar de beker met hun portemonnee op de strip en begroeten zichzelf blij met de hereniging in dank aan de goede Heer.

In samenwerking bereiden ze een ontbijt van afgunst, kippensaus, groenten, fruit, koffieroom en crackers. In gelijke delen wordt voedsel verdeeld. Ze wisselen momenten van stilte af met korte woordenwisselingen omdat ze beleefd waren. Klaar met ontbijt, er is geen ontsnapping meer over dan ze van plan waren.

"Wat stel je voor, Belinha? Ik verveel me!

"Ik heb een slim idee. Weet je nog die man die we in de menigte vonden?

"Ik weet het nog. Hij was een schrijver en zijn naam was Goddelijk.

"Ik heb zijn telefoonnummer. Wat dacht je ervan om contact met ons op te nemen? Ik zou graag willen weten waar hij woont.

"Ik ook. Goed idee. Doe het. Ik zou het graag willen.

"Oké!

Belinha opende haar tas, pakte haar telefoon en begon te bellen. Over een paar ogenblikken beantwoordt iemand de regel en begint het gesprek.

"Hallo.

"Hallo, Goddelijk, hoe gaat het met je?

"Oké, Belinha. Hoe gaat het?

"Het gaat goed met ons. Kijk, staat die uitnodiging nog aan? Ik en mijn zus willen vanavond graag een speciale show hebben.

"Natuurlijk wel. Je zult er geen spijt van krijgen. Hier hebben we zagen, overvloedige natuur, frisse lucht voorbij groot gezelschap. Ik ben vandaag ook beschikbaar.

"Wat heerlijk! Wacht dan op ons bij de ingang van het dorp. In de meeste 30 minuten zijn we er.

"Oké! Tot die tijd dus!

"Tot later!

Het gesprek eindigt. Met een grijns gestempeld keert Belinha terug om met haar zus te communiceren.

"Hij zei ja. Zullen we gaan?

"Kom op! Waar wachten we nog op?

Beiden paraderen van de beker naar de uitgang van het huis en sluiten de deur achter zich met een sleutel. Ga dan naar de garage. Het besturen van de officiële gezinsauto, hun problemen achterlatend in afwachting van nieuwe verrassingen en emoties op het belangrijkste land ter wereld. Door de stad, met een hard geluid aan, hielden ze hun hoopje voor zichzelf. Het was op dat moment alles waard totdat ik dacht aan de kans om voor altijd gelukkig te zijn.

Met een korte tijd nemen ze de rechterkant van de snelweg BR 232. Begin dus aan de cursus naar prestatie en geluk. Met gematigde snelheid kunnen ze genieten van het berglandschap aan de oevers van de baan. Hoewel het een bekende omgeving was, was elke passage daar meer dan een nieuwigheid. Het was een herontdekt zelf.

Langs plaatsen, boerderijen, dorpen, blauwe wolken, as en rozen gaan droge lucht en warme temperatuur. In de geprogrammeerde tijd komen ze naar de meest landelijke van de ingang van het binnenland van de staat Pernambuco. Mimoso van de kolonels, de helderziende, de Onbevlekte Ontvangenis en mensen met een hoge intellectuele capaciteit.

Toen je stopte bij de ingang van de wijk, verwachtte je je lieve vriend met dezelfde glimlach als altijd. Een goed teken voor wie op zoek was naar avonturen. Stap uit de auto, ga naar de nobele collega die hen ontvangt met een knuffel die driedubbel wordt. Aan dit moment lijkt geen einde te komen. Ze worden al herhaald, ze beginnen de eerste indrukken te veranderen.

"Hoe gaat het met je, Goddelijk? (Belinha)

"Nou, hoe zit het met jou? (De paragnost)

"Geweldig! (Belinha)

"Beter dan ooit" (Amelinha)

"Ik heb een geweldig idee, wat dacht je ervan om de Ororubá-berg op te gaan? Het was daar precies acht jaar geleden dat mijn traject in de literatuur begon.

"Wat een schoonheid! Het wordt een eer! (Amelinha)

"ook voor mij! Ik hou van de natuur! (Belinha)

"Dus, laten we nu gaan! (Aldivan)

De mysterieuze vriend van de twee zussen tekende om hem te volgen en rukte op door de straten van het centrum. Naar rechts, het betreden van een privéplaats en het lopen van ongeveer honderd meter zet ze in de bodem van de zaag. Ze maken een snelle stop om te rusten en te hydrateren. Hoe was het om de berg te beklimmen na al deze avonturen? Het gevoel was rust, verzamelen, twijfel en aarzeling. Het was alsof het de eerste keer was met alle uitdagingen belast door het lot. Plotseling kijken vrienden de grote schrijver met een glimlach tegemoet.

"Hoe is het allemaal begonnen? Wat betekent dat voor jou? (Belinha)

"In 2009 draaide mijn leven om eentonigheid. Wat me in leven hield, was de wil om te internaliseren wat ik voelde in de wereld. Toen hoorde ik van deze berg en de krachten van zijn prachtige grot. Geen uitweg, ik besloot een gokje te wagen voor mijn droom. Ik pakte mijn tas, klom de berg op, voerde drie uitdagingen uit waarvan ik de grot van wanhoop binnenging, de meest dodelijke, gevaarlijke grot ter wereld. Daarin heb ik grote uitdagingen overtroffen door te eindigen om in de kamer te komen. Het was op dat moment van extase dat het wonder gebeurde, ik werd de paragnost, een alwetend wezen door zijn visioenen. Tot nu toe zijn er nog twintig avonturen geweest en ik ben niet van plan om zo snel te stoppen. Met de hulp van de lezers krijg ik mijn doel om de wereld te veroveren. (De zoon van God)

"Spannend! Ik ben een fan van jou. (Amelinha)

" Ik weet hoe je je moet voelen om deze taak opnieuw uit te voeren. (Belinha)

"Heel goed! Ik voel een mix van goede dingen, waaronder succes, geloof, klauw en optimisme. Daar krijg ik goede energie van. (De paragnost)

"Goed! Welk advies geeft u ons? (Belinha)

"Laten we onze focus houden. Ben je klaar om het zelf beter te weten te komen? (De meester)

"Jazeker! Ze stemden met beide in.

"Volg mij dan!

Het trio heeft de onderneming hervat. De zon warmt op, de wind waait wat sterker, de vogels vliegen weg en zingen, de stenen en de doornen lijken te bewegen, de grond schudt en de bergstemmen beginnen te werken. Dit is de omgeving die aanwezig is op de beklimming van de zaag.

Met veel ervaring helpt de man in de grot de hele tijd vrouwen. Zo handelend, zette hij praktische deugden in die belangrijk zijn als solidariteit en samenwerking. In ruil daarvoor leenden ze hem een menselijke warmte en een onbetaalbare toewijding. We zouden kunnen zeggen dat het dat onoverkomelijke, onstuitbare, competente trio was.

Beetje bij beetje gaan ze stap voor stap de stappen van geluk op. Met toewijding en doorzettingsvermogen halen ze de hogere punt in, voltooien een kwart van de weg. Ondanks de aanzienlijke prestatie blijven ze onvermoeibaar in hun zoektocht. Ze waren omdat gefeliciteerd.

In een vervolg vertraag je het tempo van de wandeling een beetje, maar houd je het stabiel. Zoals het gezegde luidt, gaat langzaam ver weg. Deze zekerheid vergezelt hen de hele tijd en creëert een spiritueel spectrum van geduld, voorzichtigheid, tolerantie en overwinnen. Met deze elementen hadden ze vertrouwen om elke tegenslag te overwinnen.

Het volgende punt, de heilige steen sluit een derde van de cursus af. Er is een korte pauze en ze genieten ervan om te bidden, te bedanken, na te denken en de volgende stappen te plannen. In de juiste mate waren ze op zoek naar het bevredigen van hun hoop, hun angsten, hun pijn, marteling en verdriet. Voor het hebben van geloof vult een onuitwisbare vrede hun hart.

Met de herstart van de reis komen de onzekerheid, de twijfels en de kracht van het onverwachte weer in actie. Hoewel het hen misschien bang zou maken, droegen ze de veiligheid van het zijn in de aanwezigheid van Godverdomme spruit van het interieur. Niets of niemand zou hen kunnen schaden, simpelweg omdat God het niet zou toestaan. Ze realiseerden zich deze bescherming op elk moeilijk moment van het leven waar anderen hen eenvoudigweg in de steek lieten. God is in feite onze enige ware en loyale vriend.

Verder zijn ze halverwege. De klim blijft met meer toewijding en melodie uitgevoerd. In tegenstelling tot wat meestal gebeurt met gewone klimmers, helpt ritme motivatie, wil en levering. Hoewel ze geen atleten waren, was het opmerkelijk dat ze gezond en toegewijd jong waren.

Vanaf het derde kwartaal komen de verwachtingen op ondraaglijke niveaus. Hoe lang zouden ze moeten wachten? Op dit moment van druk was het beste om te proberen het momentum van nieuwsgierigheid te beheersen. Alle voorzichtigheid was nu te danken aan het handelen van de tegengestelde krachten.

Met iets meer tijd maken ze het parcours eindelijk af. De zon schijnt feller, het licht van God verlicht hen en komt uit een spoor, de bewaker en zijn zoon Renato. Alles werd volledig herboren in het hart van die lieve kleintjes. Zij hebben deze genade verdiend door de gewas-plantenwet. De volgende stap van de paragnost is om een stevige knuffel met zijn weldoeners tegen te komen. Zijn collega's volgen hem en maken de vijfvoudige knuffel.

"Goed om je te zien, zoon van God! Lange tijd niet zien! Mijn moederinstinct waarschuwde me voor jouw nadering, de voorouderlijke dame.

Ik ben blij! Het is alsof ik me mijn eerste avontuur herinner. Er waren zoveel emoties. De berg, de uitdagingen, de grot en het tijdreizen hebben mijn verhaal getekend. Terugkomen hier brengt me goede herinneringen. Nu neem ik twee vriendelijke krijgers mee. Ze hadden deze ontmoeting met de heilige nodig.

"Hoe heten jullie, dames? (De Hoeder)

"Mijn naam is Belinha en ik ben auditor.

"Mijn naam is Amelinha en ik ben leraar. We wonen in Arcoverde.

"Welkom, dames. (De Hoeder)

"We zijn dankbaar! Zeiden de twee bezoekers bij elkaar met tranen door hun ogen.

"Ik hou ook van nieuwe vriendschappen. Weer naast mijn meester staan geeft me een bijzonder plezier van degenen die onuitsprekelijk zijn. Alleen mensen die dat weten te begrijpen zijn wij tweeën. Klopt dat niet, partner? (Renato)

"Je verandert nooit, Renato! Uw woorden zijn onbetaalbaar. Met al mijn waanzin was het vinden van hem een van de goede dingen van mijn lot. Mijn vriend en mijn broer. (De paragnost).

Ze kwamen op natuurlijke wijze naar buiten voor het ware gevoel dat voor hem voedde.

"We zijn in dezelfde mate aan elkaar gewaagd. Daarom is ons verhaal een succes", aldus de jongeman.

"Het is goed om deel uit te maken van dit verhaal. Ik wist niet eens hoe bijzonder de berg was in zijn traject, beste schrijver "zei Amelinha.

"Hij is echt bewonderenswaardig, zus. Bovendien zijn je vrienden erg vriendelijk. We leven echte fictie en dat is het mooiste wat er bestaat. (Belinha)

"Wij danken u voor het compliment. Toch moeten ze moe zijn van de inspanning die wordt geleverd bij het klimmen. Wat dacht je ervan dat we naar huis gaan? We hebben altijd iets te bieden. (Mevrouw)

"We hebben van de gelegenheid gebruik gemaakt om gesprekken in te halen. Ik mis je heel erg "Renato bekende.

"Dat vind ik prima. Het is geweldig voor de dames, wat zeggen ze tegen mij?

"Ik zal het geweldig vinden!" Belinha beweerde.

"Ja, laten we gaan", beaamde Amelinha.

"Dus, laten we gaan!" De meester sloot af.

Het kwintet begint te lopen in volgorde gegeven door die fantastische figuur. Op dit moment een koude slag door de vermoeide skeletten van de klas. Wie was die vrouw, wie was zij, wie had macht? Ondanks zoveel momenten samen, bleef het mysterie op slot als een deur naar zeven sleutels. Ze zouden het nooit weten omdat het deel uitmaakte van het berggeheim. Tegelijkertijd bleven hun harten in de mist. Ze waren uitgeput van het doneren van liefde en het niet ontvangen, vergeven en weer teleurstellen. Hoe dan ook, of ze raakten gewend aan de realiteit van het leven of ze zouden veel lijden. Ze hadden daarom wat advies nodig.

Stap voor stap kom je over de obstakels heen. Op een gegeven moment horen ze een verontrustende schreeuw. Met één blik kalmeert de baas hen. Dat was het gevoel van de hiërarchie, terwijl de sterkste en meer ervaren beschermden, de dienaren terugkeerden met toewijding, aanbidding en vriendschap. Het was tweerichtingsverkeer.

Helaas zullen ze de wandeling met grote en zachtheid beheren. Wat was het idee dat door Belinha hoofd was gegaan? Ze werden midden in de bush belaagd door vervelende dieren die hen pijn konden doen. Verder waren er doornen en puntige stenen aan hun voeten. Omdat elke situatie zijn standpunt heeft, was er zijn de enige kans dat je jezelf en je verlangens kon begrijpen, iets tekortschieten in het leven van bezoekers. Al snel was het avontuur waard.

Halverwege maken ze een stop. Vlak daar vlakbij was een boomgaard. Ze zijn op weg naar de hemel. In toespeling op het Bijbelverhaal voelden ze zich complementair vrij en geïntegreerd in de natuur. Net als kinderen spelen ze in bomen klimmen, ze nemen de vruchten, ze komen naar beneden en eten ze op. Dan mediteren ze. Ze leerden zodra het leven gemaakt is door momenten. Of ze nu verdrietig of blij zijn, het is goed om ervan te genieten terwijl we leven.

In het daaropvolgende moment nemen ze een verfrissend bad in het meer. Dit feit roept goede herinneringen op aan eens, aan de meest opmerkelijke ervaringen in hun leven. Wat was het fijn om kind te zijn! Hoe moeilijk was het om op te groeien en het volwassen leven onder ogen te zien. Leef met het valse, de leugen en de valse moraal van mensen.

Verderop naderen ze het lot. Rechts op het pad zie je de eenvoudige krot al. Dat was het heiligdom van de meest prachtige, mysterieuze mensen op de berg. Ze waren verbazingwekkend wat bewijst dat de waarde van een persoon niet ligt in wat het bezit. De adel van de ziel is in karakter, in de houding van liefdadigheidsinstellingen en counseling. Daarom zeggen ze het volgende gezegde, beter is een vriend op het plein waard dan geld dat op een bank wordt gestort.

Een paar stappen naar voren stoppen ze voor de ingang van de hut. Kregen ze antwoorden op hun innerlijke vragen? Alleen de tijd kon deze en andere vragen beantwoorden. Het belangrijkste hieraan was dat ze er waren voor wat er ook komt en gaat.

De voogd neemt de rol van de gastvrouw op zich en opent de deur en geeft iedereen toegang tot de binnenkant van het huis. Ze betreden het unieke ijdele hokje door alles in het grote apparaat te bekijken. Ze zijn onder de indruk van de delicatesse van de plaats die wordt vertegenwoordigd door de versiering, de objecten, het meubilair en het klimaat van mysterie. Tegenstrijdig genoeg was er op die plek meer rijkdom en culturele diversiteit dan in veel paleizen. We kunnen ons dus gelukkig en compleet voelen, zelfs in nederige omgevingen.

Een voor een vestig je je op de beschikbare locaties, behalve de keuken van Renato, bereid je de lunch voor. Het aanvankelijke klimaat van verlegenheid is doorbroken.

"Ik zou je graag beter leren kennen, meisjes. (De voogd)

"We zijn twee meisjes uit Arcoverde City. Beiden vestigden zich in het vak, maar verliezers in de liefde. Sinds ik werd verraden door mijn oude partner, ben ik gefrustreerd, bekende Belinha.

"Toen hebben we besloten om terug te gaan naar mannen. We sloten een pact om ze te lokken en als object te gebruiken. We zullen nooit meer lijden. (Amelinha)

"Ik zal ze allemaal steunen. Ik ontmoette ze in de menigte en nu kwamen ze ons hier bezoeken, en het dwong de spruit van het interieur af.

"Interessant. Dit is een natuurlijke reactie op de lijdende teleurstellingen. Het is echter niet de beste manier om gevolgd te worden. Het beoordelen van een hele soort op de houding van een persoon is een duidelijke fout. Elk heeft zijn eigen individualiteit. Dit heilige en schaamteloze gezicht van jou kan meer conflict en plezier genereren. Het is aan jou om het juiste punt van dit verhaal te vinden. Wat ik kan doen is steunen zoals je vriend deed en een medeplichtige worden aan dit verhaal dat de heilige geest van de berg analyseerde.

"Ik sta het toe. Ik wil mezelf in dit heiligdom vinden. (Amelinha)

"Ik accepteer ook je vriendschap. Wie wist dat ik in een fantastische soap zou zitten? De mythe van de grot en de berg lijken nu zo. Kan ik een wens doen? (Belinha)

"Natuurlijk, lieverd.

"De bergentiteiten kunnen de verzoeken van de nederige dromers horen zoals het mij is overkomen. Vertrouwen! Heeft de zoon van God gemotiveerd.

"Ik ben zo ongeloofwaardig. Maar als u dat zegt, zal ik het proberen. Ik vraag om een succesvolle afronding voor ons allemaal. Laat ieder van jullie uitkomen op de belangrijkste gebieden van het leven. (Belinha)

"Ik gun het!" Donder een diepe stem in het midden van de kamer".

Beide hoeren hebben een sprong op de grond gemaakt. Ondertussen lachten en huilden de anderen om de reactie van beiden. Dat feit was meer een noodlottige actie geweest. Wat een verrassing! Er was niemand die had kunnen voorspellen wat er op de top van de berg gebeurde. Omdat een beroemde Indiaan ter plekke was overleden, had de sensatie van de werkelijkheid ruimte gelaten voor het bovennatuurlijke, het mysterie en het ongewone.

"Wat was die donder in godsnaam? Ik sta tot nu toe te trillen. (Amelinha)

"Ik hoorde wat de stem zei. Ze bevestigde mijn wens. Droom ik? (Belinha)

"Wonderen gebeuren! Na verloop van tijd weet u precies wat het betekent om dit te zeggen. "Genoot van de meester".

"Ik geloof in de berg, en jij moet ook geloven. Door haar wonder blijf ik hier overtuigd en veilig van mijn beslissingen. Als we een keer falen, kunnen we opnieuw beginnen. Er is altijd hoop voor de levenden. "Verzekerde de sjamaan van de paragnost die een signaal op het dak liet zien".

"Een lampje. Wat moet dat betekenen? In tranen, Belinha.

"Ze is zo mooi, helder en spraakmakend. (Amelinha)

"Het is het licht van onze eeuwige vriendschap. Hoewel ze fysiek verdwijnt, zal ze intact blijven in onze harten. (Voogd)

"We zijn allemaal licht, hoewel op een gedistingeerde manier. Onze bestemming is geluk, bevestigt de helderziende.

Dat is waar Renato binnenkomt en een voorstel doet.

"Het is tijd dat we uitgaan en wat vrienden vinden. De tijd voor plezier is aangebroken.

"Ik heb er zin in. (Belinha)

"Waar wachten we nog op? Het is tijd. (Amelinha)

Het kwartet gaat het bos in. Het tempo van de stappen is snel wat een innerlijke angst van de personages onthult. Mimoso landelijke omgeving droeg bij aan een spektakel van de natuur. Voor welke uitdagingen zou je staan? Zouden de woeste dieren gevaarlijk zijn? De bergmythes konden op elk moment aanvallen, wat behoorlijk gevaarlijk was. Maar moed was een eigenschap die iedereen daar droeg. Niets zou hun geluk stoppen.

Het is zover. In het activateam zat een zwarte man, Renato, en een blondharig persoon. In het passieve team zaten Divine, Belinha en Amelia. Het team vormde zich; de pret begint tussen het grijsgroen uit de landbossen.

Zwarte man datet Divine. Renato Dates Amelia en de

blondine datet Belinha. Groepsseks begint bij de uitwisseling van energie tussen de zes. Ze waren allemaal voor iedereen voor één. De dorst naar seks en genot was voor iedereen gemeenschappelijk. Verschillende posities, elk ervaart unieke sensaties. Ze proberen anale seks, vaginale seks, orale seks, groepsseks onder andere seksmodaliteiten. Dat bewijst dat liefde geen zonde is. Het is een handel van fundamentele energie voor de menselijke evolutie. Zonder schuldgevoelens wisselen ze snel van partner, wat meerdere orgasmes oplevert. Het is een mengeling van extase waarbij de groep betrokken is. Ze brengen uren door met seks totdat ze moe zijn.

Nadat alles is voltooid, keren ze terug naar hun oorspronkelijke posities. Er was nog veel te ontdekken op de berg.

Het einde